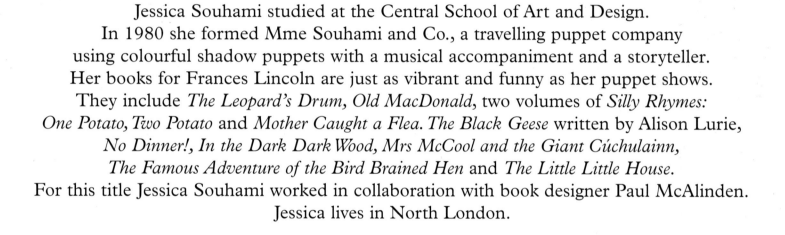

Jessica Souhami studied at the Central School of Art and Design.
In 1980 she formed Mme Souhami and Co., a travelling puppet company
using colourful shadow puppets with a musical accompaniment and a storyteller.
Her books for Frances Lincoln are just as vibrant and funny as her puppet shows.
They include *The Leopard's Drum, Old MacDonald*, two volumes of *Silly Rhymes:*
One Potato, Two Potato and *Mother Caught a Flea. The Black Geese* written by Alison Lurie,
No Dinner!, In the Dark Dark Wood, Mrs McCool and the Giant Cúchulainn,
The Famous Adventure of the Bird Brained Hen and *The Little Little House.*
For this title Jessica Souhami worked in collaboration with book designer Paul McAlinden.
Jessica lives in North London.

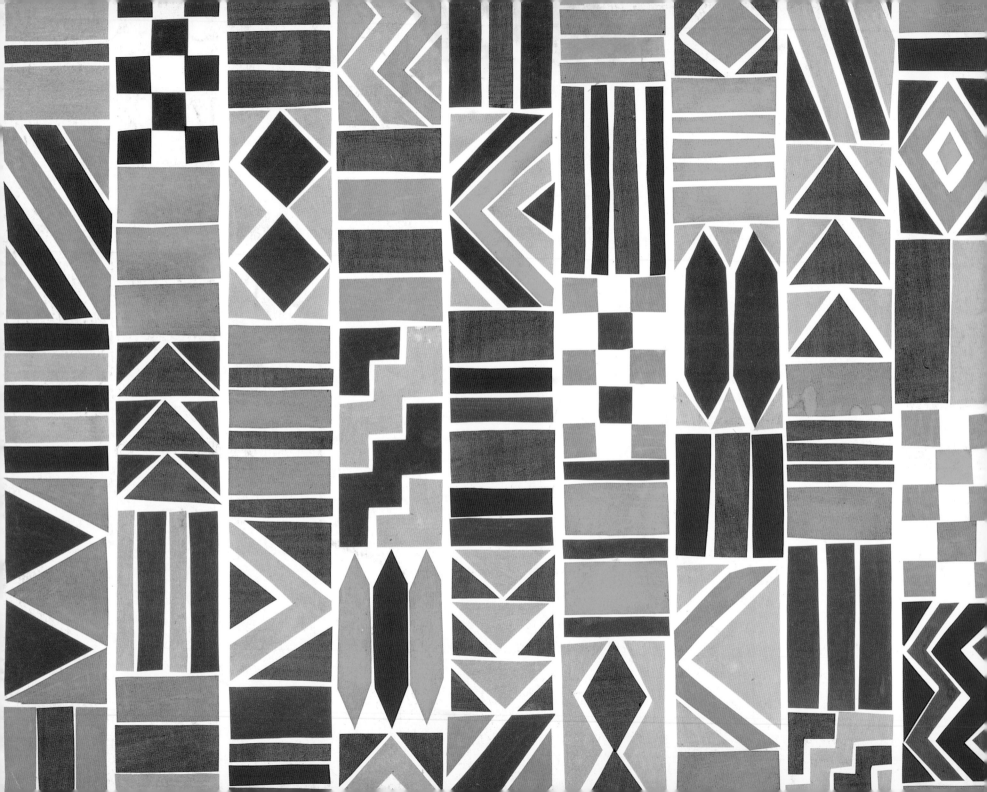

THE LEOPARD'S DRUM

With thanks to Amoafi Kwapong and Peter Sarpong

Bengali Translation by
Urmi Rahman
অনুবাদ: ঊর্মি রহমান

An Asante tale from West Africa

THE LEOPARD'S DRUM

Jessica Souhami

চিতাবাঘের ঢাক

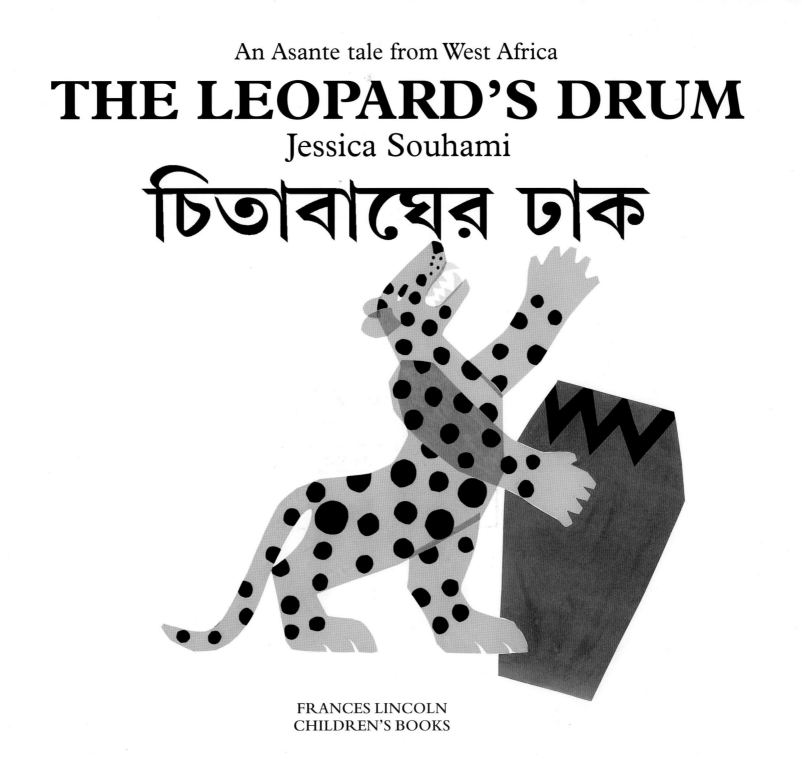

FRANCES LINCOLN
CHILDREN'S BOOKS

Osebo, the leopard, was fierce, proud and boastful.
He made a huge drum and he played it every day.
  Animals came from near and far to see it.
It was a magnificent drum, the best they had ever seen.
  They all wished it belonged to them.

চিতাবাঘ ওসীবো ছিল খুবই হিংস্র, গর্বিত আর অহংকারী।
সে একটা বিরাট ঢাক বানিয়েছিল আর প্রতিদিন সেটা বাজাতো।
    দূরদূরান্ত থেকে জীবজন্তুরা আসতো সেই ঢাক দেখতে।
খুবই জাঁকালো একটা ঢাক, যেমনটা তারা আগে কখনোই দেখেনি।
তারা সবাই ভাবতো, আহা এটা যদি আমাদের হতো!

Even Nyame, the Sky-God, wanted it.
    "Osebo," he said, "that's a wonderful drum.
I should have a drum like that. Will you give me your drum?"
    "No," said Osebo.
    "Will you lend me your drum?"
    "No!" said Osebo.

এমনকি আকাশের দেবতা নায়ামে, তিনিও এটা চাইলেন।
        "ওসীবো," তিনি বললেন, "এটা খুবই চমৎকার একটা ঢাক।
ঠিক এমনই একটা ঢাক আমার দরকার। তোমার ঢাকটা কি আমাকে দেবে?"
"না", বললো ওসীবো।
"তোমার ঢাকটা কি আমাকে ধার দেবে?"
"না!", বললো ওসীবো।

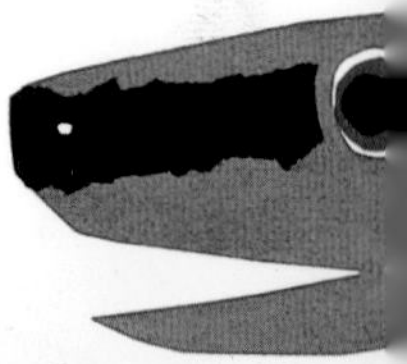

"Will you let me try your drum?"
But Osebo said, "NO!"
"You should respect me, Osebo. I am the Sky-God.
Animals of the forest, whoever brings me that drum
will get a big reward."
And Nyame disappeared.

"তোমার ঢাকটা কি আমাকে একবার বাজাতে দেবে?"
কিন্তু ওসীবো বললো, " না !"
"তোমার কিন্তু আমাকে সম্মান করা উচিত, ওসীবো। আমি আকাশের দেবতা।
বনের জীবজন্তুরা সবাই শোনো, যে আমাকে ঢাকটা এনে দিতে পারবে সে একটা
বিরাট পুরস্কার পাবে।"
এই বলে নায়ামে অদৃশ্য হয়ে গেলেন।

Next day Onini, the python, went to get the drum.

পরের দিন, অজগর ওনিনি গেলো ঢাকটা আনতে।

"Looking for me, Onini?"
"Oh, er – no, Osebo…
just looking at your fine drum,
your huge drum,
your magnificent drum…
Good-day, Osebo."

"আমাকেই খুঁজছো নাকি, ওনিনি?"
"অ্যাঁ? - ওঃ, না না, ওসীবো . . .
কেবল তোমার সুন্দর ঢাকটা দেখছিলাম,
তোমরা বিরাট ঢাকটা,
তোমার চমৎকার ঢাকটা . . .
এখন আসি তাহলে, ওসীবো।"

Next day Esono, the elephant, went to get the drum.

পরের দিন, হাতী ইসোনো গেলো ঢাকটা আনতে।

“Looking for me, Esono?”
“Oh, er – no, Osebo.
Just admiring your fine drum,
your huge drum,
your **magnificent** drum, Osebo.
Goodbye, Osebo.”

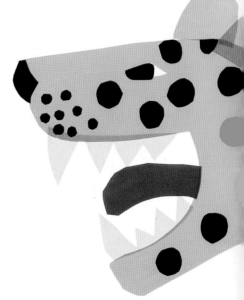

“আমাকেই খুঁজছো নাকি, ইসোনো?”
“অ্যাঁ? - ওঃ, না না, ওসীবো।
কেবল তোমার সুন্দর ঢাকটা মুগ্ধ হয়ে দেখছিলাম,
তোমরা বিরাট ঢাকটা,
তোমার **চমৎকার** ঢাকটা, ওসীবো।
এখন আসি তাহলে, ওসীবো।”

The next day,
something strange
moved slowly through
the forest.

পরের দিন,
অদ্ভুত কিছু একটা
খুব আস্তে আস্তে বনের ভেতর
দিয়ে যাচ্ছিলো।

The animals were puzzled.
Some were frightened.
"What is it?" they whispered.
"Whoever can it be?"

জীবজন্তুরা সবাই একটু ঘাবড়ে গেলো।
কেউ কেউ ভয়ও পেলো।
"কি ওটা?" তারা ফিস্ফিস্ করে' একে অন্যকে জিজ্ঞাসা করলো।
"কে হতে পারে ওটা?"

It was Asroboa, the monkey,
going to get the drum.
He hoped Osebo wouldn't
see him behind the mask.

আসলে ওটা ছিল বাঁদর আস্রোবোয়া,
সে যাচ্ছিলো ঢাকটা বাগানো যায় কিনা দেখতে।
সে ভেবেছিল যে মুখোশের আড়ালে ওসীবো
তাকে দেখতে পাবে না।

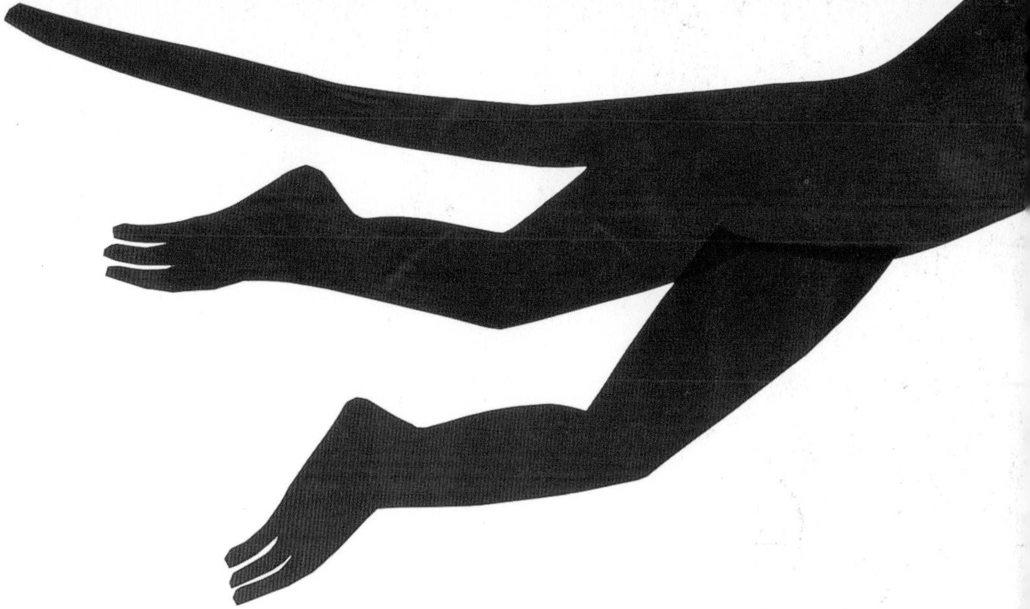

"Looking for me, Asroboa?"
"Ohhh no, Osebo.
Just looking…fine…huge…
mag…ni…fi…cen…t…"

"আমাকেই খুঁজছো নাকি, আস্রোবোয়া?"
"ওহোহো, না না, ওসীবো।
কেবল দেখছিলাম . . . কি সুন্দর . . . কি বিরাট . . .
কি চ . . . ম . . . ৎ . . . কা . . . র . . . !

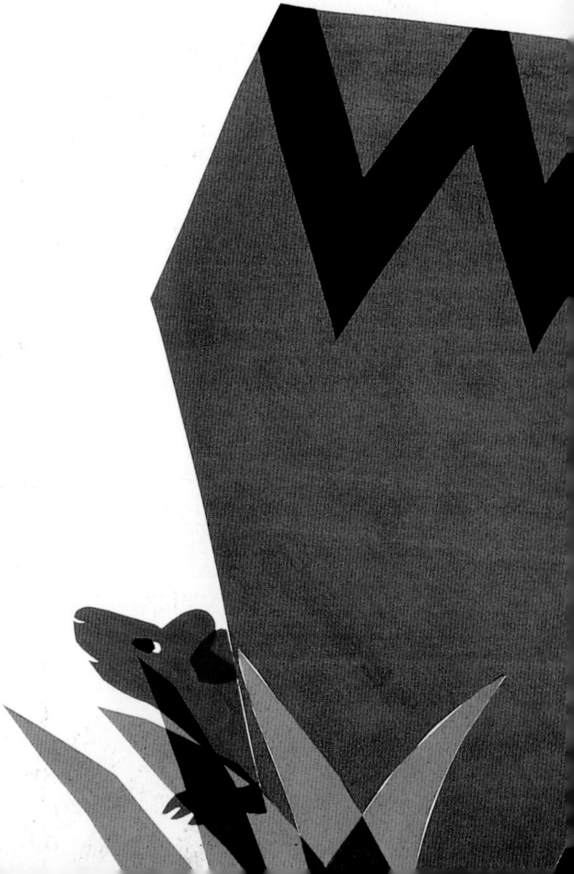

Last of all Achi-cheri, the tortoise,
went to get Osebo's drum.
"You haven't got a chance,"
the other animals said, "not a titchy
little, weedy little creature like you!"

সবার শেষে, ওসীবোর ঢাক আনতে গেলো
কচ্ছপ আচি-চেরি।
"তোমার কোনই আশা নেই,"
অন্য জীবজন্তুরা বললো, "তোমার মতো এইটুকুনি, ছোট্ট,
পুঁচকে একটা প্রাণী!"

It was true, the tortoise was very small,
and in those days her shell was quite soft.
She had to watch out that careless animals
didn't squash her flat.

"Well, I'm going to try anyway," she said.

কথাটা অবশ্য সত্যি, কচ্ছপটা ছিল খুবই ছোট্ট,
আর তখনও পর্যন্ত তার গায়ের খোলাটা ছিল খুবই নরম।
তাকে ভয়ে ভয়ে থাকতে হতো যাতে অন্য কোন জীবজন্তু অসাবধানে
তাকে মাড়িয়ে চ্যাপ্টা করে' না ফেলে।

"সে যাই হোক, আমি চেষ্টা করে' দেখবোই একবার", কচ্ছপ বললো।

"Looking for me, Achi-cheri?"

"Not really, Osebo. I was just looking at this drum."

"Don't you think it's a fine, huge, magnificent drum, Achi-cheri?"

"Well, it's all right, I suppose, for a middle-sized kind of drum, Osebo."

"**Middle-sized**? You ridiculous creature, don't you know this is the biggest, the best drum in the forest?"

"আমাকেই খুঁজছো নাকি, আচি-চেরী?"

"না, ঠিক তা নয়, ওসীবো। কেবল এই ঢাকটা দেখছিলাম।"

"তোমার কি মনে হয় না, আচি-চেরি, যে এটা একটা খুবই সুন্দর, বিরাট আর চমৎকার ঢাক?"

"হ্যাঁ, তা খুব একটা খারাপ নয় বোধ হয় ওসীবো, এমন একটা মাঝারি আকারের ঢাকের পক্ষে।"

"**মাঝারি আকারের**? তোমার মতো বোকা-হাবা প্রাণী আর হয় না, তুমি কি জানো না যে এটা হলো এই বনের মধ্যে সবচেয়ে বিরাট, সবচেয়ে ভালো ঢাক?"

"Well," said Achi-cheri, "I've heard that Nyame's got a bigger drum."

"What!" said Osebo.

"Oh yes. It's so big, he can climb right inside it and not one bit of him sticks out."

"Well, I can climb right inside mine," said Osebo. "Just watch."

'কি জানি বাপু,' বললো আচি-চেরি, "আমি তো শুনেছি যে নায়ামে'র একটা আরো বড় ঢাক আছে।"

"বলো কি!" বললো ওসীবো।

"ঠিকই বলছি। এত বড় ঢাক যে নায়ামে দিব্যি তার ভেতরে ঢুকে যেতে পারে আর তার শরীরের কোন অংশই বেরিয়ে থাকে না।"

"তা যদি বলো, আমার ঢাকের ভেতরে আমিও ঢুকে যেতে পারি," বললো ওসীবো। "দেখাচ্ছি তোমাকে।"

Osebo began to squeeze himself into the drum.

"Am I inside, Achi-cheri?"

"No, not nearly, Osebo."

"Now, Achi-cheri?"

"No, not quite, Osebo."

ওসীবো নিজেকে ঠেসেঠুসে ঢাকের ভেতরে ঢোকানোর চেষ্টা করতে লাগলো।

"আমি কি ঢুকতে পেরেছি, আচি-চেরি?"

"না, এখনও পুরোপুরি নয়, ওসীবো।"

"এবারে, আচি-চেরি?"

"না, এখনও সবটা নয়, ওসীবো।"

"Now, Achi-cheri?"

"Yes, Osebo, now you're inside. But you can't get out!"
And Achi-cheri sealed the drum with a large cooking pot.

"Now I'm going to take you to the Sky-God."

Slowly, Achi-cheri pushed the enormous drum with
the heavy leopard inside it all the way to Nyame.

"এবারে, আচি-চেরি?"

"হ্যাঁ, ওসীবো, এখন তুমি পুরোপুরি ভেতরে। কিন্তু তুমি আর বেরোতে পারবে না!"
এই বলে আচি-চেরি একটা বড় রান্নার পাত্র দিয়ে ঢাকের মুখটা বন্ধ করে' দিলো।

"এখন আমি তোমাকে আকাশের দেবতার কাছে নিয়ে যাবো।"

আস্তে আস্তে, আচি-চেরি ঐ বিশাল ঢাকটাকে আর তার ভেতরের ভারী চিতাবাঘটাকে
ঠেলতে ঠেলতে, গড়াতে গড়াতে নিয়ে গেলো একেবারে নায়ামে'র কাছে।

"Here is Osebo's drum. And Osebo is inside."

"Well done!" said Nyame. "No-one else could get the drum. And you have taught that boastful leopard a lesson. Let him go now, and decide what you would like as your reward."

Achi-cheri looked round. All the other animals were looking jealous and cross. She thought for a moment.

"Please, Nyame," she said, "most of all I would like a hard shell to protect me from fierce animals."

"এই যে ওসীবো'র ঢাক, নায়ামে। আর ওসীবো এটার ভেতরে।"

"চমৎকার কাজ করেছো!" নায়ামে বললেন। "আর কেউই ঢাকটা নিয়ে আসতে পারেনি। আর ঐ অহংকারী চিতাবাঘকে তুমি উচিত শিক্ষা দিয়েছো। এখন ওকে ছেড়ে দাও, আর ঠিক করো কি পুরষ্কার তুমি চাও।"

আচি-চেরি চারপাশে তাকালো। অন্য সব জীবজন্তুদের দেখে মনে হচ্ছিলো তাদের বেশ হিংসে হয়েছে আর রেগেও গেছে তারা। সে এক মূহুর্ত চিন্তা করলো।

"যদি তুমি খুসী হয়ে থাকো, নায়ামে," সে বললো, "সবচেয়ে বেশী করে' আমি যা চাই তা হলো অন্য সব হিংস্র প্রাণীর হাত থেকে বাঁচার জন্য আমার গায়ে একটা শক্ত খোলা।"

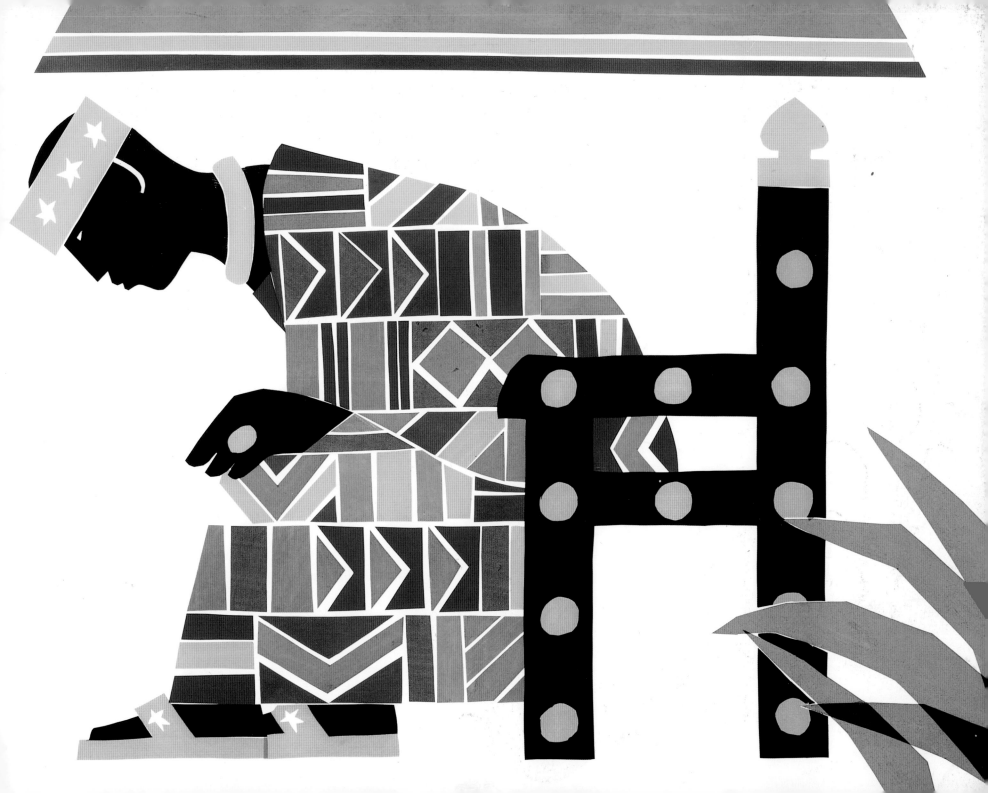

Nyame laughed and gave her a tough, hard shell.
And Achi-cheri the tortoise still wears it today.

নায়ামে হাসলেন আর তাকে দিলেন একটা পুরু, শক্ত খোলা।
আর আজও পর্যন্ত আচি-চেরি সব সময় সেটা তার গায়ে পরে' থাকে।

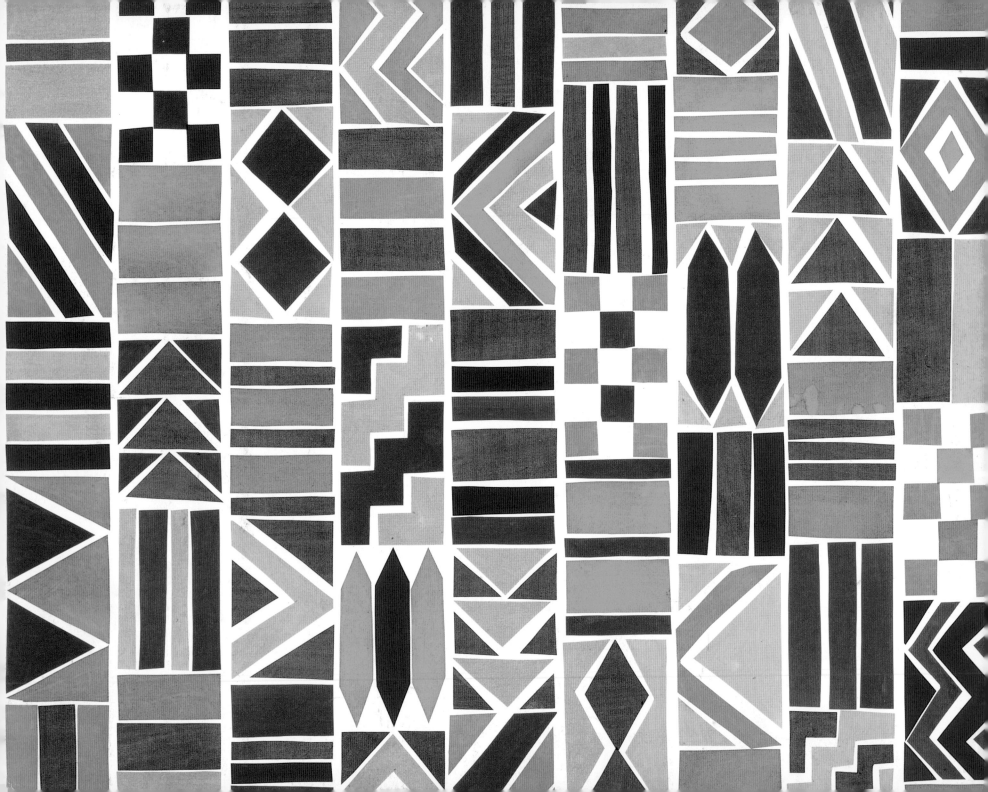

OTHER DUAL LANGUAGE TITLES FROM FRANCES LINCOLN CHILDREN'S BOOKS

Rama and the Demon King

Jessica Souhami

When Rama is wrongfully banished to the forest, Ravana uses a fiendish trick to kidnap his beautiful wife. Jessica Souhami has adapted her own shadow puppet images to create the bold illustrations in this ancient Hindu tale.

ISBN: 1-84507-384-3 (Panjabi)
ISBN: 1-84507-415-7 (Urdu)
ISBN: 1-84507-416-5 (Gujarati)
ISBN: 1-84507-417-3 (Bengali)

Amazing Grace

Mary Hoffman

Illustrated by Caroline Binch

"Caroline Binch's beautiful and vigourous illustrations powerfully project the image of Grace who, with the support of her mother and grandmother, discovers that you can do anything you want to."
Children's Books of the Year 1992

ISBN: 1-84507-383-5 (Panjabi)
ISBN: 1-84507-410-6 (Urdu)
ISBN: 1-84507-413-0 (Gujarati)
ISBN: 1-84507-414-9 (Bengali)

Frances Lincoln titles are available from all good bookshops.
You can also buy books and find out more about your favourite titles, authors and illustrators on our website: **www.franceslincoln.com**